生命易逝
唯爱永恒

你从对面走来

爱到深时

我愿变成一只小鸟

无声的语言

我记得

给妻

珠串

像昙花深夜里忽然开放

遇见

——岳洪治诗集

岳洪治——著

人民文学出版社

图书在版编目（CIP）数据

遇见：岳洪治诗集/岳洪治著. —北京：人民文学出版社，2019
ISBN 978-7-02-015285-8

Ⅰ. ①遇… Ⅱ. ①岳… Ⅲ. ①诗集—中国—当代 Ⅳ. ①I227

中国版本图书馆 CIP 数据核字(2019)第 093139 号

责任编辑 刘 伟
装帧设计 刘 静
责任印制 任 祎

出版发行 人民文学出版社
社 址 北京市朝内大街 166 号
邮政编码 100705
网 址 http://www.rw-cn.com

印 刷 三河市中晟雅豪印务有限公司
经 销 全国新华书店等

字 数 150 千字
开 本 880 毫米×1230 毫米 1/32
印 张 9.375 插页 4
版 次 2019 年 9 月北京第 1 版
印 次 2019 年 9 月第 1 次印刷

书 号 978-7-02-015285-8
定 价 45.00 元

程千帆题赠横披

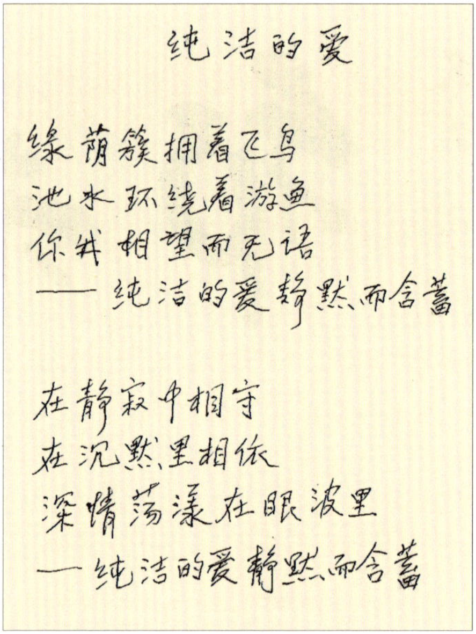

纯洁的爱

绿荫簇拥着飞鸟
池水环绕着游鱼
你我相望而无语
——纯洁的爱静默而含蓄

在静寂中相守
在沉默里相依
深情荡漾在眼波里
——纯洁的爱静默而含蓄

作者手迹

目录

第四辑　亲近你的一种方式

第五辑　等你在午夜

第八辑　无声的语言

第九辑　心意写在花笺上

第十辑　南国的风

第十一辑　你就是幸福

第十三辑　雨天的回忆

第十四辑　理想的妻子

第十五辑　母与子

第一辑
纯洁的爱

心灵的歌唱是无声的，
爱到深时
不是喧哗，是沉默。

我看着你，
你看着我
一起拥抱这幸福的时刻。

纯洁的爱

绿荫簇拥着飞鸟，
池水环绕着游鱼，
你我相望而无语，
——纯洁的爱静默而含蓄。

在静寂中相守，
在沉默里相依，
深情荡漾在眼波里，
——纯洁的爱静默而含蓄。

你的目光

你的目光如清澈的湖水，
我愿是碧波里的一条小鱼；
沉浸在你的目光里
——自由地游弋。

你的目光如中秋的月亮，
我愿是月光下的一只蟋蟀；
沉浸在你的目光里
——快乐地歌唱。

你的目光如初升的太阳，
我愿是草叶上的一滴露珠；
沉浸在你的目光里
——幸福地消亡。

邂逅

月光下的邂逅
像两颗偶然相遇的星，
有一种神秘的引力
使你我向一起靠拢。

热情地招呼多么亲切，
心里的欢喜，脸上的笑容；
清风吹来贴心的话语，
眼眸中闪亮着迷人的风景。

距离很近，距离很远
宇宙中两颗奇异的星，
有一种引力来自心底，
一生总会有几度相逢。

你的精魂留下了

当两只酒杯轻轻
一碰的刹那，
你我的心
也碰在了一起么？
　　——你的两颊飞红了。

当你皓腕引琼浆
在我注目下，
把满杯美酒
一饮而尽的时候。
　　——你的两颊飞红了。

当黄昏融尽了
你娇小的身影，
我怀中仍有
幽兰的清芬。
　　——你的精魂留下了。

你从对面走来

你从对面走来
炽热的目光把我掩埋，
我像闯入罗网的飞蛾
拼命挣扎也逃脱不开。

你从对面走来
深情的目光把我掩埋，
我像一条羸弱的小鱼
惊恐中也有一点愉快。

你深邃温柔的目光
湖水般澄澈明亮，
我愿做一茎水草
在你的柔波里荡漾。

我愿是月光下的露水
凝聚着你的清晖，

7

我愿是阳光下的冰凌
在你的照耀下粉碎。

你从对面走来
爱的潮汐把我掩埋，
我愿沉浸在你的目光里
今生今世永不离开。

梦中的女孩

绿篱环绕的一座木屋
是我梦中常去的地方，
木屋里住着一个女孩
聪明勇敢，温柔又漂亮。

我们曾一起街边游荡
歌声伴着咖啡的醇香，
夏日的郊外多么迷人
河水弥漫着野花的芬芳。

青春的岁月令人向往
永难忘怀的美好时光，
梦中的女孩你还好吗
何日重逢做我的新娘。

地铁站

拥挤嘈杂的地铁站。
你站在墙角
——像一朵白色花。

你流盼的眼波
如花瓣上的露水
——清凉中有蜜的滋味。

似乎一切都已消逝，
大地上只剩下一朵花
——绽放在天边。

从此
深深植入我心中
——你的芬芳，你的娇艳。

女王

你从对面走来，
大地变成了
喜庆的舞台；
路边的野花竞相开放，
小河流淌的多么欢快。

你从对面走来，
一道明亮的光波，温柔地
进入我胸怀；
鸟儿欢唱着心中的喜悦，
垂柳在春风里轻轻摇摆。

你从对面走来，
在这个赶集的日子，从容地
走进我的营寨；
从此你做了我的女王，
我捧出一颗心，由你主宰。

无题

你美丽优雅的身姿
令我吃惊，
禁不住赞一句
应该拍下来，留张小影。

你拿出手机，侧转身
完成了一个自拍，
又用手机对准我
拍下一个腼腆拘谨的人。

内心的欢喜说不出口
像鱼儿畅游碧波中，
沉浸在静美的氛围里
开口道一声：今天的天气……

爱到深时

相对而坐，
我看着你
你看着我。

沉浸在无边的寂静里，
像鱼儿在澄明的水中
曼舞轻歌。

心灵的歌唱是无声的，
爱到深时
不是喧哗，是沉默。

我看着你，
你看着我
一起拥抱这幸福的时刻。

愿

假如你是一颗
饥渴的种子，
我愿是春天的
一条小河。
　　——倾注涓涓细流
　　助你发芽结果。

假如你是一只
倦飞的小鸟，
我愿是夏日的
一树绿荫。
　　——铺开一片清凉
　　供你休憩欢歌。

假如你是一条
受伤的鱼儿，
我愿是秋天的

一片湖泊。

　　——捧出满怀深情

　　为你疗伤按摩。

假如你是一个

弱小的婴孩，

我愿是冬日的

一炉炭火。

　　——燃尽全部的爱怜

　　带给你幸福欢乐。

心中的爱

你是娇艳的夏花
——在我痴情的目光里

你是皎洁的秋月
——在我凝望的眼波中

你是最美的书卷
——令我百读不厌

你是冬日的温泉
——使我无限眷恋

慢慢阅读，细细品味
——你的美丽，你的绚烂

深切思念，柔声呼唤
——知心爱人，永在心间

舞

音乐响起，兴奋了
众多俊男靓女，
如双双飞燕
轻俏地滑入舞池。

踏着优美的旋律
打开敞亮的心扉，
飞翔，飞翔
共享人生的美好时光。

那晶莹闪亮的
是汗水还是泪珠，
这令人迷醉的
是真实还是梦幻？

欢快的乐曲
伴随着急促的呼吸，

羞涩的眸光
传送出缱绻的情意。

像鸟儿翔舞在天空
像鱼儿畅游碧波里，
俊男靓女翩翩起舞
唱响心中优美的旋律。

第二辑

温柔的目光

比水波还要柔美的绸衣，

轻抚你完美的曲线；

你流转的眸光如火

点燃了一颗年轻的心。

湖上

湖上的花朵娇艳
水中的花影朦胧
你在小船中。

一双闪亮的眼睛
娇艳的花瓣上
露珠儿晶莹。

湖心响起了乐声
花儿正在绽放
你听，你听

心的倾听

珍珠沉在水底下，
花儿的开放是无声的。
紧紧握住你的手
没有言语。
　　——眼瞳里的声音，
　　需要心的倾听。

需要一盏清水吗？
我愿给你一个大海。
需要一朵蓓蕾吗？
我愿给你一树繁花。
　　——不要说你该怎样回报，
　　一如蜜蜂不要花儿的感谢。

告别

榴花似火，杨柳依依，
初夏的校园美丽而宁静。
离开村庄之前，
我特意赶来向你告别。

白桦树下的姑娘
优雅而又俏丽；
你明亮而温暖的微笑
像树叶上耀眼的阳光。

假如你是一轮皎洁的月亮
我就是夜晚的天空；
假如你是一捧晶莹的雨花石
我就是清澈的溪水；
假如你是一枝美丽的花
我就是一双欣赏的眼睛。

你是我心中最好的姑娘。
在离开村庄之前
我匆匆赶来与你告别；
初夏的校园美丽而又宁静。

如歌的夏日

日脚又踏着长椅了，
蜻蜓在荷池上款舞；
星期天公园的一隅
美丽而又幽静。

池塘里金鱼的唼喋声，
是去年湖畔的私语么？
微扬的柳丝
使我想起你飘飘的秀发。

比水波还要柔美的绸衣，
轻抚你完美的曲线；
你流转的眸光如火
点燃了一颗年轻的心。

日脚又踏着长椅了，
不见你窈窕的身影；

蜻蜓呆立在荷尖上

是忆念那如歌的夏日么?

温暖的小手

捧着书走近我身边，你说
有一个问题。
一双黑亮的眸子，
一睒一睒，
圆圆的笑涡里，盛满了
青春的欢愉。

捧着书走近我身边，你说
有一个问题。
一只温暖的小手，
悄悄地伸过来，
脸上却摆出一副
端庄的神气。

捧着书走近我身边，你说
有一个问题。
一颗怦怦跳的心

应和着另一颗心跳，

流转的眸光传递出

缠绵的情意。

温柔的目光

假如这喧嚣的街道
是一条奔腾的长河，
你摆在街角的书摊
就是一只
停泊在港湾中的小船了。

为了买一本喜爱的书
我从上游漂到下游，
终于来到你的书摊前；
——把最后的希望留给了你。
然而，我得到的还是失望。

就在我转身离去的时候
你忽然抬起头，
向我投来一瞥
一瞥那样温柔的目光。

像一个怕羞的小男孩，
我急忙逃离了你的书摊。
——你目光里有太多的话语
令我惊慌。

疯狂的天使

欢快的乐曲刚一奏响
你就像一支离弦的箭
飞落到舞池中央

伴随优美急骤的旋律
你变成一只飞旋的陀螺
——美艳闪亮
吸引了所有人的目光

是春天盛开的白玉兰么
空气中有你浓郁的芬芳
是一枝微雨中的红牡丹吧
——你满头的汗水
如晶莹的露珠儿抛洒流淌

或者你更像
一位疯狂的天使

一支熊熊燃烧的火炬

你点燃了所有人的激情
让每一颗年轻的心
都腾空而起飞向舞池
——步入了人世的天堂

舞者

一

是一朵红牡丹么，
红牡丹比不上
你的俏丽。

是月宫下凡的仙女吧，
仙女不会有
你肌肤的丰润与白皙。

难忘那天你邀我共舞，
——我仿佛手捧莲花
在舞池中漂移。

二

宛若一株风暴中的花树
一种野性的疯狂
——你电光石火般的独舞。

一个惊雷在我头顶炸开
——当你扬起双臂
捏响两个榧子的时候。

你狂放大胆的舞蹈
是一簇永不熄灭的火焰
——融化了一颗年轻的心。

夜宴

为了躲避烟雾的毒害
我从 A 桌转到 D 桌
在你旁边有个空位
就好似
特意要留给我

你优雅的坐姿把我吸引
恍惚此前在哪儿见过
一台单反在面前闪亮
提醒我
莫要错过这精彩时刻

坐在觥筹交错的餐桌旁
只听见你温和欢悦的话语
丰盛的菜肴送入口中
尝到了
阳春三月淡淡的兰香

拍了多少张他人的小照
独没有让你在时空中定格
眸光映红了浑圆的梨涡
夜雨中
我寻到了最美的一朵

爱一个人的感觉真好

当我把夜空仰望
就看见你的眼睛闪亮
今天刚走进花园
就嗅到你迷人的芬芳

世界因你而变得美好
万物都发出神奇的光
没有了忧烦与惆怅
我变得更加勇敢与坚强

爱一个人的感觉真好
每天都像过年一样
内心充满快乐与满足
仿佛又回到少年时光

神奇的约会

打开手机就看见
躲在文字后面的你
笑靥像一朵半开的花
眉宇间有春光流溢

每个字都触到你的体温
每句话都感到你的气息
你的心在我胸膛里跳动
你的泪珠儿香甜如蜜

多么神奇的约会
乘着文字的飞艇游弋
距离怎能阻断真情
知心朋友永远在一起

第三辑
微笑的面影

你的脸庞月光一样美，
明亮的眼眸湖水般纯净；
当你转脸向我看来，
总是那样脉脉含情。

微笑的面影

南行的火车
像一个三流的歌手，
以不断重复的声调，使我
昏昏入梦。

冬日的车窗外
雾霭蒙蒙 , 林木间
隐约凸显
你微笑的面影。

静静地望过来
悄声对我耳语 ,
你清晰和悦的声音
是那么温婉动听。

你的脸庞月光一样美 ,
明亮的眼眸湖水般纯净；

当你转脸向我看来，
总是那样脉脉含情。

在我独自发呆的时候
你就会走进我的眼瞳，
——在我人生的记忆里
你是最难忘的一个梦。

最美的贺卡

新年就要到了，
我要选一张最美的贺卡
给你贺岁。

你也曾想到，
在新年的时候
送一张贺卡给我么？

可是，
我更希望得到的
是一张你的相片。

假如这个要求让你为难，
就对着镜子 为我
描一幅小影吧。

不要说，你不擅长绘画。

画成什么样子
我都乐于接受。

无论你画成什么样，
都是我最喜欢的
一件珍藏、一个旖旎的梦。

夕阳下

一处小小的荒园，
杳无人迹。
满地的落叶
如一群蝴蝶，围着我
不停地旋舞。

身着飘逸的风衣，
优雅地走在校园里。
不远处的一株银杏树
使我想起了
那个白皙而多情的少女。

通话之后

已经通过了电话，
这信，有些多余吧?
但愿，你不会认为
我是个无所事事的人。

美丽神奇的风景
令观者魂牵梦萦；
青山绿水
从不多嫌爱风景的人。

每次与你通话　都会
嗅到花香，听到妙音；
是你家窗前花儿开了，
你家阶下有淙淙流泉么?

每次看你讲话的时候，
都会想起天边的新月；

望着你明亮的双眸
就恍惚看到天边的星星。

可是，有句话
一直不曾对你说，
——只怕这太长的电话线
传不准，我的挚爱与深情。

爱的讯息

一个温暖而又静谧的
冬日的午后，
坐在敞亮的大厅里，
我们一起享受着
难得的好时光。

悦耳的琴声
如清亮活泼的小溪，
流过你我的心扉；
两盏香茗升起袅袅清芬，
传递着爱的讯息。

假如这大厅是广阔的草原，
我就是一匹
没有缰绳的马驹儿；
你的爱犹如丰美的水草，
使我不舍得离开。

假如我是一茎青苗，
你深情的目光
就是那潇潇春雨；
在你殷勤的抚爱下成长
结出丰硕的麦穗。

洗手

每次写信给你
或是拆阅你的来信的时候，
我都会先把手洗净了才去做，
——因为这也是与你相会。

捧出我的心来会你的心
让我的思念连接起你的思念；
这需要一个清静整洁的房间，
需要一份好心情。

因为这也是与你相会，
每次拆阅你的来信
或是写信给你的时候，
我都会先把手洗净了才去做。

盼

北方的春天，
是和肆虐的风沙一起到来的。
爱情需要考验，
风沙也是对春天的考验么？

咆哮的狂风挡不住
春的脚步。
我盼望你来像田里的种子
盼望一场春雨。

我和你

　　这和我没有关系——
当我向你叙说因为有你
我感到非常快乐和幸福的时候
亲爱的，为什么你要说
　　这和你没有关系呢？

　　这和我没有关系——
在一个天气晴朗的日子
当我送给你一件礼物的时候
亲爱的，为什么你要说
　　这和你没有关系呢？

　　这和我没有关系——
在一个春天的早晨
当我把一首诗献给你的时候
亲爱的，为什么你要说
　　这和你没有关系呢？

　　这和我没有关系——
你是我最疼爱最惦念的人
是我幸福的源泉呀
亲爱的，你怎么能说
　　这和你没有关系呢？

我等你来

迷人的《桑塔露琪亚》
已经唱了一整天，
你的电话还不来。

我正在等待你，快快来莫延迟。
从屋里唱到屋外，又从屋外
唱回屋里。

——我弹响了心弦的最高音
呼唤你，
远方的人儿，你听到了没有？

电话铃响了又哑，哑了又响，
一次又一次拿起听筒 可惜
——不是你。

我正在等待你，快快来莫延迟。

从冬等到春，又从春等到夏
我一直在等你。

让人既爱又恨的电话键，
按了一遍，再按一遍，
终于听到了你的声音。

我正在等待你，快快来莫延迟。
唱过 N 遍的歌儿，
我愿再为你唱一遍。

心儿呀，不要激跳，
声音呀，不要颤抖。
远方的人儿，我等你来。

送别

航船已经变成了一朵白云，
我仍站在岸边，把你瞭望。
此刻，你也紧傍了船舷，
向我这里张望着吗？
——你一定看不见我了。

那么，就把这弧形的海岸线，
当作我张开的臂膀吧。
让我紧紧地拥抱你。
那温暖的海风
就是我急促而热烈的呼吸。

飞机已经变成了一颗银星，
我仍站在门前，把你瞭望。
此刻，你也紧傍了舷窗
想要看到我吗？
——你一定是看不见我了。

那么，就把那一团白云，
当作我温暖的怀抱吧。
让我紧紧地拥抱你。
纵然走到海角天涯
——我们永远在一起。

第四辑

亲近你的一种方式

我是想坐到你的身边，

拥你在怀里

轻抚你的双肩，

偷偷吻一下你的眸子

看一朵春花开上笑脸。

拥抱

一朵灿烂的阳光
开在玫瑰色的脸上，
你打开一叠画稿　如美馔
让我品尝。

不留神，跌入了
你清澈的眸子；
我变成一条小鱼，
游入湖水中央。

欣赏童趣盎然的插画，
染上你眸子的颜色；
新奇而巧妙的构图，
彰显出你丰赡的才情。

暖阳下无垠的海波，
泛出万道金光；

你殷红的丰唇，
比红珊瑚还要漂亮。

看那条美丽的小鱼儿，
正游进温暖的港湾；
拥抱的不仅是形体
还有灵魂和思想。

雨天

细雨无声地飘洒
落在你黑夜一样的发上，
那轻抚你周身的雨丝
正把我的情意传达。

湖畔美丽的鲜花
开在你娇小的足下，
那一片氤氲的芬芳
是我向你诉说情话。

路边嫩绿的小草
正轻声把你歌唱，
草叶上那晶莹的露珠
就是我热切的目光。

郊游

晚霞隐到山后去了，
你坐在庙前的石阶上等我；
凉爽的风吹来青春和爱的气息，
迟归的鸟儿匆忙地飞过林梢。

我是想坐到你的身边，
拥你在怀里，
轻抚你的双肩；
偷偷吻一下你的眸子，
看一朵春花开上笑脸。

当夜幕遮住了四周的风景，
我们互望着彼此的眼睛；
知心话语伴着款款的脚步，
看一颗星映照着另一颗星。

在梦里

你的梦里有梦，
我的梦里有你。
你梦见你亲爱的小贝，
我梦见我心上的恋人。
恋人啊——
你可曾真的同我在一起，
可真说过永远不分离？
在我的梦里
在我们的梦里。

你的梦里不应没有我，
我的梦里早就有个你。
你的小影在我心中，
早已和我融为一体。
恋人啊——
我从没这样深地爱过一个人，
从没这样真地梦过一个人。

在每日每夜的梦里

在我们的梦里。

雪中行

漫天的雪花儿飘飘洒洒，
把心底的欢喜诏告天下；
脚印在雪地上画一条直线，
几次惊飞了觅食的乌鸦。

为了圆一个旖旎的梦，
美丽的雪花儿来相送；
一路轻歌伴着曼舞，
快乐地走进另一个梦中。

梦中花确比真花更美，
超凡的清芬令人沉醉；
易逝的梦境一刻千金，
相对无语也同样销魂。

人生苦短如白驹过隙，
每个瞬间都不该虚掷；

两根琴弦同奏一个音，

真爱如流泉永不消损。

亲近你的一种方式

是亲近你的一种方式，我写诗
譬如蜜蜂亲吻花蕊。
你爱我的眼神
怨我的眼神，
都是撒在我心里的种子呀。
——你希望开一枝怎样的花？

盼望一个梦的实现
满足一个小小的心愿：
请你吃多种口味的冰淇淋
陪你逛色彩缤纷的蔷薇园；
还有——
我俩在一起的每个夜晚。

两个人做一个同样的梦
并不容易，
且让我写下这几行诗。

在每一个方格里寻找
你的踪迹，以及
你在我心中储存的甜蜜。

是亲近你的一种方式，我写诗
譬如蜜蜂亲吻花蕊。
你爱我的眼神
怨我的眼神，
都是撒在我心里的种子呢。
——你希望结一颗怎样的果？

你的名字

你的名字
是我熟悉的双眸。
每当看到这两个美丽的汉字，
就会感到你目光的温柔。

你的名字
是我熟悉的双眸。
每当听到这两个悦耳的汉字，
心田里就生出鲜美的莲藕。

你的名字
是我熟悉的双眸。
每当想起这两个迷人的汉字，
我就想拥有你——天长地久。

写在橘黄色的灯下

许多话要对你讲，
却不知从何说起，
就选一本美丽的小书，
写上几个字送给你。

把书寄出之前，
禁不住再读一遍，
每晚摩挲着书页，
在枕畔橘黄色的灯前。

想到，这也是你读它的时刻，
当你轻轻把书打开，
你的纤指将触到我的手温，
你的眸光会照亮我心灵的窗扇。

今夜写一首小诗给你，
在这橘黄色的灯前，

捧着明早就要寄出的小书
像捧着一个甜蜜的梦幻。

你的小影

想得到你一帧小影，
想留住那一朵微笑，
想听你花开的声音——
有醉人的馨香随风飘飒。

把它夹在每天阅读的书本里，
把它佩在衬衣的领口上，
把它藏在我的枕畔，
有时，也摆在没有食欲的餐桌上。

在白昼紧张工作的间隙，
在傍晚悠闲散步的时段，
在我睡熟前和醒来的时候，
在每天上班下班的路途中。

你总是悄然来到我面前，
你总是故意把我躲闪，

叫着最爱的名字我呼唤你，
你总是嬉笑着愈跑愈远。

何时能送我一帧小影，
给思念的苦药里加几片蜜柑；
想你的时候就捧到眼前，
看我的最爱花开灿烂。

第五辑
等你在午夜

爱的甜蜜不只在相聚时刻，

悠长的思念里也有欢乐，

且让爱的琼浆在心中蓄满，

迟来的幸福甜似蜜柑。

梦的根

梦的根扎在思念的土里，
开温馨的小花在心坎上。
　　一粒小小的种子
　　淋上一丝丝雨，
　　就会开出芬芳的花来。

水珠儿晶莹的白莲上，
有明月的清晖流盼。
　　天真的笑
　　清纯的花，
　　你有无尽的妩媚与温柔。

洁白的芬芳

无意义的谈话
说给不相干的人听，
开着冷气的屋里
并不感到舒适。

手中掀动的小书
像不像舞台上的道具？
重要的内容像婴儿——
静静地睡在信袋里。

要说的话一句也没能说，
唯一的慰安是临别时
那轻轻一握。

这短暂的会面
一如昙花的开放，
今后，我将永远浸润于

你洁白的芬芳。

奈何

像新荷上的红蜻蜓，
你轻盈的身姿
深深吸引了我的目光。
奈何——
既无法接近
我又不忍离去。

像树梢上的红苹果，
你甜美的笑脸
深深吸引了我的目光。
奈何——
既无法接近
我又不忍离去。

　　只能远远地看着你
想着你呀，
美丽又聪慧的姑娘。

奈何——

既无法接近

我又不忍离去。

祈祷

像飞碟潜入茫茫太空，
你悄悄离我而去
消失得无影无踪。

想诉说深深的思念，
却无处寻你，即使
天上所有的星星
都变成我的眼睛。

只能默默祈祷，
耐心地等待，
祈望铁树
早一天开出花来。

听说天上的日子比人间快，
但愿明天你就能回来。

午后

冬季

下午二时半，

一天里最温暖的时刻。

独自坐在房间里

沐浴着温暖的阳光，等你。

　——你说

　下午二时半来。

太阳悄悄溜走，

月亮冉冉升起。

脚步迟迟地

纤指柔柔地，

一个声音说：不好意思。

　——没能

　下午二时半来。

从此以后，每到

下午二时半，

我都坐在房间里。

数着时钟的脚步，

吻着阳光的手指，

等你。

——一个声音说

我俩每天在一起。

橘红色的记忆

一袭橘红色的温馨，从今
深深植入我的记忆。
连同你娇小的身影
和美丽的名字。
　——恰如这绵绵细雨，
　浸透了我单薄的夏衣。

总是毫无准备的时候，
在街头相遇。
仓促中说了什么，
当时就已忘记。
　——只记得你一腔热情似火，
　闪亮在温柔的眸光里。

延迟的理由

如果你观察过花开花落，
就不会让时间白白流过；
如果你品尝了美酒佳酿，
就不会埋怨分离太多。

花开到最美就接近了凋谢，
月到最圆时将走向残缺；
降低温度能延长花期，
要吃热豆腐你不能心急。

爱的甜蜜不只在相聚时刻，
悠长的思念里也有欢乐；
且让爱的琼浆在心中蓄满，
迟来的幸福甜似蜜柑。

等你在午夜

等你等你等你
等你在午夜时分。
每颗星都是你流盼的明眸，
每盏灯都现出你的笑靥。
我每一次的心跳啊，
都重复着你甜甜的
甜甜的相约的声音。

等你等你等你
等走了多少个寂寞的黄昏。
总梦见遥远的天边
一个风景如画的地方，
一座小小的庭院
孤影徘徊——
一个爱我和我爱的人。

等你等你等你

终于等来了我的人。

虽然你很快又要离去

——犹如午夜的昙花。

然而，你瞬间的绽放

已带给我

无尽的慰安与欢喜。

写给一棵树

不期而遇，
你热情的招呼
并没给我带来欢喜。
　——即便是一颗石子吧，
　如果投在冰封的湖上，
　也不会溅起晶莹的水花。

在那个明媚的春天，
我曾长久地，傻傻地
注视过你。
　——你满树繁花只在高枝上开放，
　在你高傲的身影里，
　我曾经希望过……

观《外遇》而作

终于知道了
那不过是一场梦，
鲜花和眼泪，伴随着
紧绷的神经。

对美好生活的向往，
对未知世界的探求，
乃前进的动力
人之本性。

对太熟悉的事物，
难免心生厌倦；
生活依旧——
变化的，是你的心情。

踏雪寻梅也许有点儿诗意，
稍有不慎便让你愧悔终生；

历险的欢愉里潜藏着伤痛，
不要打开欲望的魔瓶。

当倦飞的翅膀日渐僵硬，
智慧的白发覆上了头顶，
你啊，应似那收割后的土地，
——深沉、肃穆，寂静无声。

第六辑

没留下名字的贺卡

在你如花的红唇上，
留下我蝶翅般的吻。
把你的醉泉按着了吧，
你合起了美丽的眼睛。

别时

在你如花的红唇上，
留下我蝶翅般的吻。
把你的醉泉按着了吧，
你合起了美丽的眼睛。

时间凝聚在露珠上，
泪花在睫毛边颤动。
你的笑靥如凉爽的风，
吹散了我心头的纤云。

秘密交谈着深情的话语，
目光比嘴巴更善于表达。
分别的日子也许会很长吧，
愿你我永不忘这一刻。

发现

“一双瞳人剪秋水”。
昨日初会，
是谁的明眸
使我记起了这句旧诗？

有微风拂上面颊
温润而又和煦，
没听懂你话里的意思
要怪风，不能怪我。

绚丽的晚霞，
让画师叹为观止。
你白里透红的脸庞
怎能不让我着迷。

仿佛跌入澄澈的湖水
游泳在岸柳的浓阴下，

——当你由于害羞
而垂下长睫毛的时候。

我听到了世间最美的音乐
当你在我耳边说出：我爱你，
——在你明亮的眼瞳里
我发现了一个幸福的人。

你的小影

宛若开放在湖面的
一朵水莲花。
你娇羞地
瞟我，
在一帧小影里，
　——你比水莲花更娇艳。

把你的小影悄悄
藏在枕畔。
等无人时
偷看，
轻声与你交谈，
　——你是我欢乐的源泉。

好女孩

轻轻翻阅着你的赠书，
想象着
你调皮又得意的神气。
仿佛又听到你说话的声音
一种温柔和悦的声息。

你说，聪明的女人都美丽，
温柔又阳光
大方又俏皮。
你正是这样的好女孩呀，
——就躲在这本小书里。

心花

古时候，“小荷才露尖尖角，
早有蜻蜓立上头。”

如今，我心已开成一朵白莲，
你这只蜻蜓怎么还不来？

满湖的芦花已等白了头，
我敞开怀抱盼你来。

深陷在思念的泥沼里，
每分钟都像一生一样长。

心花开到霜降也会萎谢的，
——假如你迟疑着还不来。

没留下名字的贺卡

是一时的疏忽呢，还是
有意让我猜想——
寄了一张贺卡给我，
却没留下你的名字。

含苞欲放的新荷上
滚动着晶莹的露珠——
　期待一个热烈的拥抱么？
　红蜻蜓已张开了翅膀。

也许那晶莹的露珠
是新荷昨夜的眼泪，
——应是由于幸福
而不是忧伤。

“为了这深情的一吻”
贺卡上有这样一行字，

是暗示，还是期许？

改日，你要当面对我讲。

一起燃烧

我心里有你，便有了火么？
你心里有我，便有了火么？
你说：不要一起燃烧。

是暴风雨一样的女人么？
你说，你是太寂寞了……
可是，为什么不能一起燃烧？

烛光如果失去了黑夜，
朝霞如果失去了蓝天，
热烈的、骤雨般的吻，
如果失去了爱人的红唇，
　　——难道不寂寞么？

假如你耐得住寂寞，
又何必遣三月的风
吹开蔷薇的花蕾呢？

快投入我的怀抱吧

　　——让我们一起燃烧。

夏夜

在某个华灯初上的夜晚
当你再次从那个街角走过，
你会不会突然回首
无意中想起了我？

谁也不会问你
为何在这里留步，
只有那昏黄的街灯记得
站牌前一双难舍的身影。

也许，你还会走进那家书店
再次拿起那本美丽的小书，
轻轻摩挲着素雅的书面
微笑着又想起了我。

依然是初夏的灯光、寂静的街道，
如今却多了一重寒意与寂寥；

天边明月正探出云层，可是你
在悄悄跟随、顾念着我？

读信

仿佛天边飘来的花瓣，
你的信带有芬芳气息。
品读着信中诗一般的话语，
脑际又现出你可爱的笑脸。

跟随你的眸光读信，
满眼是我们走过的风景；
一句话又响在耳边：
——真情真意，爱到永远。

你的性情似晴空朗月，
你的胸怀海洋般宽广；
走近你就走进了春天——
畅快的感觉浮上心间。

一朵彩云从天空飘过，
把喜庆信息向世人传播；

鸟儿也飞来喳喳学语：

——真情真意，爱到永远。

第七辑

不能没有你

当我羞怯的目光
悄悄吻着你的眼睛，
当我年轻的心
柔声呼唤着你的芳名，
亲爱的——
我真心实意爱着你，
为何得不到你的回应？

晚会

写几句平平常常的话，
在洁白的纸上。
我心如一泓秋水
无风无雨，也没有波浪。
　我爱——
　快扬起风帆吧，
　让我们的小船儿早些启航。

唱一首欢乐祥和的歌，
在联欢晚会上。
歌曲早已选好
你来伴舞，我来唱。
　我爱——
　伴随着歌声起舞吧，
　莫管那嫉妒的目光。

跳一支欢快的华尔兹，

勇敢地步入舞场。
大手握着小手，目光吻着目光，
忘情地徜徉在爱的海上。
　我爱——
　尽情尽兴地跳吧，
　莫辜负这幸福时光。

星星艳羡地在窗外偷窥，
热情的掌声来自四方。
你我心中的爱潮
汹涌澎湃，掀起了巨浪。
　我爱——
　快扬起风帆吧，
　让我们一起出海远航。

女孩

刚一说过会儿我去看你，
话筒里就传来你的笑声。
我喜欢看你高兴的样子，
见了面不要再显得陌生。
　　我深爱着的女孩是温柔的却很怕羞，
　　——她还没有对我表白过。

当我贴近地望着你的时候，
周围的一切都消逝了。
当我们目光相遇的瞬间，
我心中就会响起欢乐的音乐。
　　我深爱着的女孩是温柔的却很怕羞，
　　——我们还没有拥抱过。

不能没有你

鸟儿向往晴朗的天空，
花儿喜欢和煦的春风。
亲爱的——
我真心实意喜欢你，
为何你无视我的真诚？

当我羞怯的目光
悄悄亲吻着你的眼睛，
当我年轻的心
柔声呼唤着你的芳名，
亲爱的——
我真心实意爱着你，
为何得不到你的回应？

你已经长在了我心中，
你已经占据了我整个天空。
亲爱的——

我已经不能没有你，
无论来世还是今生。

鸟儿向往晴朗的天空，
花儿喜欢和煦的春风。
亲爱的——
我就是你的晴空与春风呀，
我对你的爱，执著而又真诚。

温柔的火

黑纱巾围在你雪白的颈上，
像一条蛇。
——是昨日的忧郁
还是今天的诱惑？

红毛衣是你年轻的心，
是少女的微笑。
——你开成一朵红艳的花
可是为我？

你悄然而去又匆匆返回。
我知道——
不是因为忘了外套，
而是为我。

明天你会不会为我
拍一张相片？

——就要这身打扮

黑纱巾的温柔，红毛衣的火热。

爱之花

当一天又在失望中过去，
便把希望托付给明天；
昨日的明天就是今天呢，
不知哪天能有好运气。

就这样过了一天又一天，
从初次相遇到分手；
爱芽儿藏在等待的壳中，
白白地错过了整个春季。

世界上本没有十全十美，
对爱情也不能求全责备；
你看那空谷幽兰自芳菲，
无人处也会灿烂地盛开。

美的瞬间

能延长多久就延长多久吧——
　当澄澈的秋水凝定
　闪烁着圣洁的波光，
　当红艳的花蕾半开
　散发出迷人的芬芳。
犹如朝阳跃出海面的时刻，
美的瞬间会令你终生怀想。

能延长多久就延长多久吧——
　当双手紧握在一起，
　眸光把你的魂儿吸；
　热吻融化了悬冰川，
　一滴滴落入山谷间；
犹如身陷在销魂的梦境里，
美的瞬间令一永生难忘记。

树对鸟儿说

你的信就是一首小诗了，
何必引雪莱的诗句，
还要画一幅丘比特的肖像呢？

春天到来的时候
树木自会抽出新芽。
说什么“二月春风似剪刀”呢？

写出了佳作，
是你个人努力的结果；
真情的咏唱从不会缺少读者。

展翅蓝天的飞鸟儿，
把身影留给了栖息的林木；
你甜蜜的笑容会永远陪伴我。

诗与小说

喜欢诗么?
有一天，我这样问你。

摇摇头，你说：
不。我比较喜欢小说。

你诡谲的微笑，
使我明白了你话里的深意：

你就是一首隽永的小诗，
我会用一生来吟诵、学习。

希望我会是一篇好看的小说，
——唯一的读者是你。

你可知道

就让这温馨之旅到此为止吧。
你可知道
太熟悉了会变得陌生，
太亲近了反感觉疏远；
太甜蜜了会尝出苦涩，
太富足时会愈觉贫寒。
　　——惟有记忆里的花儿
　　才永远令人迷恋。

为了多年后回首今朝
没有一点遗憾，
为了让爱情的花儿
常似这初放时的美丽、娇艳。
就让我们的温馨之旅到此为止吧。
你可知道
　　——惟有记忆里的花儿
　　才永远令人迷恋。

冬夜

犹如那条湿漉漉的石板路
——我的深长的忧思。

夜晚的虹口，行人
像冬天树枝上残剩的叶子。

只有一双彳亍的身影，轻踏着
晚会的余绪。

望得见你家的小庭院了，歌声
在你的唇畔，戛然而止。

星光辉映着星光，空气里
弥漫着馥郁的气息。

“不要这样……”你说，
深夜里一个青涩的记忆。

——沿着一条湿漉漉的石板路
我走进了悠长的相思。

第八辑

无声的语言

多少次相会与离别
在夜半和凌晨的梦里，
空气中有你秀发的清芬
手上有你肌肤的温度。

我美丽的阳光女孩

一个踽踽独行的旅人，
只能用歌唱排遣寂寞。
恰似路边盛开的小花，
你灿烂的笑容
使我感到了春天的温暖。
　　——哦，我美丽的阳光女孩。

飞过林梢的鸣禽
和夜晚闪烁的星星，
也曾给我带来惊喜。
可是，唯有你灿烂的笑容
常萦我心间，流连忘返。
　　——哦，我美丽的阳光女孩。

蓝天不能没有白云，
大地不能缺少绿荫，
征战的勇士也需要温暖的怀抱。

你就是我的白云和绿荫

就是我生命的动力和源泉啊！

——哦，我美丽的阳光女孩。

窗下诗抄

在走廊上的玻璃窗下，
生长着一株山茶和绿萝。
好似一对帅哥和美女
相依相亲，如切如磋。

当山茶绽开美丽的花瓣儿，
绿萝便伸出了修长的枝条，
就像帅哥邀美女共舞，
热情地张开了他的手臂。

伴随音乐美妙的旋律，
炽热的目光交汇在一起，
当我们步入舞池的一刻
你是否想起了窗下的山茶和绿萝？

纯真的爱情就像名贵花木，
要用心血栽培、天天呵护。

莫等到失去才惋惜悲伤，

能彼此拥有是最大的幸福。

致——

每当看到你的背影，或是
偶然想起你温和的笑容，
心里就充满幸福的感觉，
——就像此刻我的心情。

那天把茶杯递给你，
你礼貌地说了声：谢谢；
你肯接受就是对我的褒奖
——要说声谢谢的，应该是我。

昨天陪你去银行取款，
你又对我说了声：谢谢；
你使我变成了一个勇士
——要说声谢谢的，应该是我。

大巴上我为你占了座位，
你笑着对我说了声：谢谢；

在你身边就像在春风里呀
——要说声谢谢的，应该是我。

春天

一朵彩云从门前飘过，
室外传来动人的情歌；
树上鸟儿不停地啁啾，
溪水潺潺流淌着欢乐。

甜蜜的笑容多么迷人，
长裙飘起仙女样婀娜；
载歌载舞从田间走过，
你是我心中最美的歌。

海棠树下

熟悉你的车号
就像熟悉你的名字。
是一个普通的号码么?
在我眼里
那是天下最美的数字。

你的名字——
一个普通的女孩儿名字。
常挂在我嘴边,
深藏我心里,对我
有百慕大三角般的魔力。

昨天,我从海棠树下走过,
你的小车就在树下停泊。
不由得又想起了你,
——当我看到
你那小车的时候。

树上的海棠果千百颗，
每一颗都带有你的颜色。
还记得那年你出浴的模样，
——白里透红
恰似这水灵灵的海棠果。

有车族的福分我无缘享有，
不能陪你在长街驰骋。
甚至
我还没有坐过你的车，
就像没有拥抱过你的身体。

只盼望在某个盛夏的某一天，
你开着小车又来这树下停泊。
当你扬起手
摘下一颗海棠果的时候，
无意间会看见远处的我。

无声的语言

敞开的门，给晦暗的楼道
涂了一小片光亮，
你手抚门扉，倾身向前
目送我离开。
无声的语言荡漾在眼波里，
光晕中，你美丽优雅的剪影
使我想起远古的雎鸠。

多少次相会与离别
在夜半和凌晨的梦里，
空气中有你秀发的清芬
手上有你肌肤的温度。
无声的语言荡漾在眼波里，
沙滩上一根浮木的命运
不是燃烧就是沉默。

皮肤的记忆

多年前的一次舞会上，
你热情地走过来向我邀舞。
你明亮的眸光如闪电
刹那间击中了我的心。
——至今仍记得你的手
软玉样嫩白，棉一般柔。

昨晚在梦里我们相遇，
你热情地向我张开了双臂，
贴近耳畔，你软语温存，
句句都是知心的话语。
——醒来我仍然感觉到
房间里弥漫着你的气息。

才知道皮肤也有记忆，
一次接触，会留下永久的印记。
你真挚的情意，我将永远珍藏，

你美丽的姿影会长存心底。
——还有那一支
浪漫的华尔兹舞曲。

想你的时候

想你的时候，
我唱一支歌，
歌声飞上蓝天，
变成白云一朵。

白云悠悠飘荡，
飘进你的闺房，
化作滴滴甘霖，
把你的心儿滋养。

想你的时候，
我唱一支歌，
歌声飘入湖水，
变成白莲一朵。

白莲含苞欲放，
像你美丽心房，

我变成一只夜莺，
天天为你歌唱。

想你的时候，
我唱一支歌，
歌声传遍大地，
变成清澈的湖泊。

湖泊永不结冰，
你常来水中游泳；
日夜与你相伴，
犹似太虚幻境。

蓝天上有白云飘过，
湖水扬起了轻波，
千万条雨丝落入湖里，
一行行都是我唱给你的歌。

旅行总比到达好

一大早出发，
近午才抵达。
并非相隔千里——
星期一，拥挤的高速路，
汽车蜗牛般攀爬。

住在同一个城市，
距离的感觉，却是
咫尺天涯。
带着朝圣的心情来看望你，
命运却又一次把我戏耍。

你去了邻家的后花园，
错过了有趣或无趣的
一次聚谈。
旅行总比到达好，
路上的风景永远新鲜。

归途的汽车一路顺风，
乘车人的心情是怅怅的。
背囊里装满了新出的书，
——老友的情谊似酒浓，
独缺少了最醇美的那一盏。

谜语

下笔万言——
只写了一个字，
聊起来没完——
只说了一个字。

刚分开就想你——
只因为一个字，
想起来就兴奋——
忘不了这个字。

一个不敢写出的字，
一个不能说出的字，
一个春风般温暖我的字，
一个阳光般照耀我的字。

这个字像种子扎根我心里，

这个字像花朵开在我脸上，
这个字像仙丹使我返老还童，
这个字像迷药让我忘了自己。

一个隐藏着却总想跑出来的字，
一个让人快乐也使人忧伤的字，
一个让人拿起来就放不下的字，
一个此刻正在你我眼波中闪亮的字。

遇见

是安娜·卡列尼娜在澄明的湖水里游泳么?
性感的黑色泳衣,掩不住
你曲线柔美的身体。

一尾金鱼的联想,产生
在阵风吹起黑色裙裾的瞬间;
最是一双美丽的眼睛,闪亮
在遥远的记忆里。

是安娜·卡列尼娜在澄明的湖水里游泳么?
在你黑色裙裾飘起的瞬间,
我遇见一条美丽的金鱼

第九辑
心意写在花笺上

燃烧的激情，跃动
在你殷红的唇上，
你炽热的目光
能把世界点燃。
——你突然出现在我的面前。

在无边的缄默里
听惊涛拍岸。
你矫健的步伐
把季候带回了春天，
——你突然出现在我的面前。

小店之夜

雅静的小店，
鲜花一样的菜品，
还有比鲜花更美的伙伴。
　一茶一座，共进晚餐。
　——这个夜晚灯光璀璨。

倾心地交谈，
无奈地告别，
错过了一段不该错过的时间。
　一茶一座，二人对面。
　——这个夜晚令人怀念。

你突然出现在我的面前

一支燃烧的火炬
一朵火红的山丹
一匹冲下山崖的猎豹
一道奔腾流淌的清泉
　　——你突然出现在我的面前

你燃烧的激情，跃动
在殷红的唇上，
你炽热的目光
能把世界点燃
　　——你突然出现在我的面前

在无边的缄默里
听惊涛拍岸。
你矫健的步伐
把季候带回了春天，
　　——你突然出现在我的面前。

背阴的房间

这是一个背阴的房间，
照不进一点儿阳光。
长桌上打开着两台电脑，
一种植物在疯狂地生长。

努力向上，
得一些天光。
——一排枝叶葳蕤的小花儿，
在窗边轻声吟唱。

假如我是太阳

假如我是太阳
一定要改变了运行的轨道，
让阳光从北面照进窗子，
　　——你的房间四季如春
　　温暖又明亮。

假如我是太阳
一定要推迟了落山的时间，
陪你度过每个黄昏，
　　——无论漫步街头
　　还是坐在电脑前。

假如我是太阳
一定要娶月亮为妻，
让月光柔和地照进窗子，
　　——在你失眠的夜里
　　她会代替我给你慰安。

被捆绑的心

一颗年轻的心
被捆绑在柱子上。这幅画
使我想起了
受难的耶稣。
　　耶稣为爱众人而受难，
　　你的受难又是为谁？

你正当美丽的花季，
年轻的心
应像白鸽一样飞翔。
自由的天空
　　无限宽广。命运
　　怎能交到别人手上？

生命的花期如此短暂，
理应快乐地生长
美丽地绽放。

快割断绳索，放飞心灵吧，

快张开美丽的翅膀

——奋力飞翔。

昂首走在长街上

沐浴着金色的阳光，
昂首走在长街上。
傍晚的人流熙熙攘攘，
我们手牵手，肩并肩，
满心的喜悦写在脸上。

寻找一家中意的餐馆，
在繁华的街市里徜徉。
不为吃饭也不为观光，
忘了劳累，不嫌路长，
情愿就这样走到天亮。

心意写在花笺上

多么清新优美的小诗呀，
诗里的人儿，你好！

心意写在花笺上
——让花蕾开成花朵。

当你读到它的时候，
也会由于害羞而脸红么？

每天太阳升起的时候，
鸟儿就会飞上蓝天。

小雨殷勤地下个不停，
期盼花蕾美丽地绽放。

心意写在笺纸上，
只为一份由衷地祝福。

你我最有缘

在星光灿烂的宇宙间，
你我最有缘。
——光交会，心相通，
共擎一片天。

在波涛汹涌的大海上，
你我最有缘。
——同呼吸，共命运，
忧乐长相伴。

在广阔无垠的大地上，
你我最有缘。
——手挽手，心连心，
幸福到百年。

梦见

笑靥像水上的波纹，
醒来还不曾散尽；
梦见到你家作客，
在一个夏日的黄昏。

你身穿美丽的裙装，
像花儿含苞欲放；
你的父母和兄妹，
把我当成家人一样。

感谢你有心来入梦，
在这春日的黎明；
心中有爱常相聚，
岁岁年年永远年轻。

我是月亮

我是月亮，
当你抬头的时候
我在天上；
——如果你爱我，
就随我一起飞翔。

我是月亮，
当你低头的时候
我在水上；
——如果你爱我，
就随我一起游荡。

我是月亮，
当你入睡的时候
我在枕畔；
——如果你爱我，
就随我进入梦乡。

我是月亮，
当你想我的时候
我在身旁；
　　——如果你爱我，
　　就随我地老天荒。

第十辑
南国的风

一个浪漫温馨的故事，定格
在小城夏日清凉的晚上
草坪上散发出醉人的芬芳
——一朵金色花灿然开放
在你妩媚的鞋子上

南国的风

南国的风是和暖的，
南国的风是湿润的。
这和暖而又湿润的南国风，
像一个活泼可爱的孩童，
给大地带来无边的春色。

南国的风是清新的，
南国的风是芬芳的。
这清新而又芬芳的南国风
轻轻吹入我胸怀，
在我心里播下诗的种子。

诗的种子，在和暖
而又湿润的风里发芽，
诗的种子，在清新
而又芬芳的风里开花。
诗的种子永远带着南国的印记，

诗的种子是和暖而又湿润的。

金色花

你鞋子上的金色花
使我想起家乡的雏菊
那些黄绒绒的小花
　　一朵接一朵
　　生长在田间小路旁

那些黄绒绒的小花
生长在田间小路旁
像一条金灿灿的项链，闪亮
　　在我午夜的梦里
　　在你美丽的脖颈上

一个浪漫温馨的故事，定格
在小城夏日清凉的晚上
草坪上散发出醉人的芬芳
　　——一朵金色花灿然开放
　　在你妩媚的鞋子上

题照

张开着双臂
你站立在影壁前，
“有了爱就有了一切”
影壁上的话语多么温暖。

张开着双臂
你沐浴在明媚春光里，
像一只展翅欲飞的鸟儿
向往绿色森林、蓝蓝的天。

张开着双臂
你沉醉在暖心的话语中，
“有了爱就有了一切”
无意间就中了丘比特的箭。

张开着双臂
你和冰心题词融为一体，

你灿烂的笑容
洋溢着无尽的爱。

张开着双臂
你和博大的爱站在一起，
你无声地表白
蕴含在深情的目光里。

从此，你灿烂的笑容
深情的目光
时时闪现在我眼前
深深地长在了我心里。

在梦里

脸颊一贴上枕头，
心里就现出你的模样；
枕头变得格外柔软
就像枕着天使的翅膀。
　　——幸福地进入了甜蜜的梦乡。

进入梦乡的时候，
你正在梦里等我；
玫瑰色女帽下一袭白裙
在夏日的田野上奔跑歌唱。
　　——我上前迎接你像迎接女王。

熟悉的清芬驱散了好梦，
是谁在轻唤我的小名？
你清澈的目光多么温柔
跟随你走进了另一个梦中。
　　——这一回我成了真的英雄。

有句话藏在我心里

有句话藏在我心里，一句
最真心的话，
有句话藏在我心里，一句
最甜蜜的话。

有句话藏在我心里，一句
最想对你说的话，
有句话藏在我心里，一句
不能说的话。

就让这句话
永远藏在我心里，
照耀我
像一块晶莹的宝石。

就让这句话
永远藏在我心里，

温暖我
像江南仲春的天气。

就让这句话
永远藏在我心里，
守护我
像一位美丽的天使。

就让这句话
永远藏在我心里，
和你的小影一起
永存我心底。

当你遇到一只美丽的小鸟

当你遇到一只美丽的小鸟，
对你唱着悦耳的歌。
你要站在远处静静地听，
不要因为感动而同她对唱。
　　——那样你会惊扰了她。

当你遇到一只美丽的小鸟，
活泼可爱的一只小鸟。
你要站在远处静静地欣赏，
不要把心里的欢喜说出来。
　　　　那样你会吓跑了她。

当你遇到一只美丽的小鸟，
天下最美的一只小鸟。
你只能悄悄守护和欣赏，
不要说出那个烫人的字。
　　——这样你才能永远拥有她。

静谧的庭院

小猫在假山上跳来跳去，
鱼儿在荷阴下游得正欢，
静谧的庭院里撒满阳光，
　　——夏日的午后静谧而美好。

上楼下楼不知往返了多少回，
把长长的楼梯当成了琴键，
反复弹奏着一支心曲，
　　——夏日的午后静谧而美好。

在寂寥的长廊上来回踱步，
目光紧拴在一扇门上，
等待一个最后的告别，
　　——夏日的午后静谧而美好。

你微笑着迎上来

走下飞机，仿佛
又回到天上；
你微笑着迎上来，
落落大方。
热情地伸出手
把我招呼，美丽清纯
你像天使一样。

北方的风沙
我忍受了太久；
做梦也想望
南国的湿润与芬芳。
你微笑着迎上来
把我招呼，引领我
从人间到了天上。

汽车就要发动的一刻

汽车就要发动的一刻，
你匆匆赶来；
一叠声叫着我的名字，
惶急地跑到车窗前。
　　——夕阳映红了你的脸颊，当你
　　一叠声叫着我的名字，
　　匆匆赶来的时候。

一排巨浪把小船儿吞没，
是何方神祇拯救了我？
跌入谷底又被祥云托举，
感动的泪水溢出了眼窝。
　　——夕阳映红了你的脸颊，当你
　　侧转身默默阅读
　　我递给你的信笺的时候。

你是我记忆中最美的风景，

你叫我名字的声音最好听；
你纯真的笑靥是不谢的花，
你深情的话语我永记心中。
　　——夕阳映红了你的脸颊，
　　当你站在路边，含着泪
　　无声地与我作别的时候。

喜欢你

蓝天因为一朵白云而更加辽阔，
草原因为一片湖泊而生机勃勃，
高山因为一道流泉而充满灵性，
因为遇到你我才认识了自我。
　　——喜欢你，像蓝天喜欢白云。

纯真朴实，你落落大方，
温柔体贴，你活泼又漂亮，
气质高贵，你举止优雅，
善解人意，你不卑不亢。
　　——喜欢你，像湖泊喜欢小鱼。

春风风人，夏雨雨人，
你我相识是前世的缘分。
美好瞬间，即是永恒，
南国山水是最好的见证。
　　——喜欢你，我想变成另一个你。

第十一辑

你就是幸福

且把这浓浓的相思
捻成一条长长的线，
把过往的好日子
都穿在一起。

假如我的人生是一条珠串，
其中那最亮，最美
最珍贵的一颗
——是你。

我愿变成一只小鸟

每天望着你的窗子
　　想你，
我愿变成一只小鸟
　　飞到你的窗子上
　　静静地看着你。

如果你把窗子打开
　　我就会飞到你的膝上，
当你轻轻地
　　帮我梳理羽毛的时候
　　我会不停地为你唱歌。

如果你高兴地把我捧在手上
　　深情地亲吻我，
我就会醉倒在你的怀里
　　和你一起度过
　　一段最美好的时光。

一朵白莲

微云把天空装点成
绮丽的舞台，
绿阴覆盖的水面上，
　　一朵白莲
　　正亭亭地盛开。

那悠然而来又悄然而去的
是水中的游鱼么?
在这旖旎的夏日黄昏，
　　一朵白莲亭亭地
　　在湖水中盛开。

绿波荡漾的水面上，
亭亭地绽放着
一朵白莲。
　　一位清纯美丽的仙女
　　降临到人间。

那匆匆而来又匆匆而去的，
是夏日的阵雨么？
你温柔又娇羞地望着我，
　　有蜜甜的露珠儿
　　在花瓣上打颤。

微云把天空装点成
绮丽的舞台，
霞光似锦的水面上，
　　一朵白莲
　　正亭亭地盛开。

那悠然而来又悄然而去的，
是戏水的蜻蜓么？
在这旖旎的夏日黄昏，
　　一朵白莲亭亭地
　　在湖水中盛开。

你的名字

默念着你的名字，
像念着一颗星的名字；
像天上星一样遥远啊，
你住在陌生的城里。

默念着你的名字，
像念着一颗星的名字；
在夜里醒来的时候，
在依稀相见的梦里。

你的名字是最亮的星，
你的名字是最美的花；
永远闪耀在我的天空，
永远生长在我的心底。

淡紫色的小花

你是一朵淡紫色的小花，
寂寞地开放在庭院一隅；
我愿做一只殷勤的小鸟，
每个白昼都来探望你。

你是一朵淡紫色的小花，
寂寞地开放在庭院一隅；
我愿做一只萤火虫，
每个夜晚都来陪伴你。

你是一朵淡紫色的小花，
寂寞地开放在庭院一隅，
我愿变成另一朵花，
幸福地和你在一起。

今天是个好日子

今天是个好日子，
是只属于我俩的好日子。
这一天全世界都不在意，
我俩却永远不会忘记。
——我们盼望着在一起。

今天是个好日子，
是只属于我俩的好日子。
无论相聚还是远隔千里，
相亲相爱，温暖又甜蜜。
——我们快乐地在一起。

今天是个好日子，
是只属于我俩的好日子。
在一条熟悉或陌生的街上，
在你我的心窝儿里。
——我们幸福地在一起。

今天是个好日子，

是只属于我俩的好日子。

高举酒杯同祝愿：

携手一生，不弃不离。

——我们永远在一起。

春兰

你是深谷中的一朵春兰，
玲珑娇小，芬芳满山；
假如你内心感到寂寞，
我愿做崖壁上常绿的苔藓。

你是深谷中的一朵春兰，
孤身奋战，抗击严寒；
假如你需要一个朋友，
我愿做一泓长流的清泉。

你就是幸福

你就是幸福，
——春天里鲜花的芬芳。

你就是幸福，
——夏天里晨风的清凉。

你就是幸福，
——秋天里晓月的明晖。

你就是幸福，
——冬天里温暖的阳光。

你就是幸福啊，亲爱的姑娘，
——想起你我就心花怒放！

我记得

我记得，你迷迭香一样沉郁的眼神，
当你静静地望着我，紧抿了双唇。
也许有句话，你不知该不该讲，
也许你在忧虑，明天是晴还是阴。

我记得，你百合花一样欢喜的摸样，
当你把双手搭上我的肩膀。
轻轻揉捏着我的耳垂，
满蕴着慈爱与娇羞的目光。

我记得，你白莲花一样亭亭的身姿，
当我们默然作别，全不知后会之期。
白莲花的倩影还有个期待，
——那愚笨的鱼儿已悄然游开。

珠串

过往的每个细节
都变成了美丽的回忆。
原本一句普通的话，如今
也变得那么有趣。

往日的欢聚
都为了今天的忆念么？
一切是那么新鲜，
令人着迷。

且把这浓浓的相思
捻成一条长长的丝线，
把过往的好日子
都穿在一起。

假如我的人生是一条珠串，
其中，那最亮、最美

最珍贵的一颗

——是你。

昨日

那甜蜜而快乐的日子，
像一颗颗美丽的珠贝
——闪亮在过往的岁月里。

那胜似仙境的行旅，
像一次次奇异的探险
——迷醉在销魂的歌吟里。

不要说往事如梦吧，
记得那红艳芬芳的花
——盛开在午后的暖阳里。

清凉的晨风

夏日里晨风的清凉。
——还记得这句小诗么?
在哪里，什么时候，
才能再吹到那清凉的晨风呢?

为了再吹一次清凉的晨风，
——每天都等候你的消息。
相逢的日子不会太远吧，
到时候别忘了告诉我。

题照

一丛小花盛开在山崖上，
一朵幽兰歌吟在深谷旁；
似攀登天梯的美丽仙子，
像回到人间的月光娘娘。

无形的对手如黑云笼罩，
你沉着应对不急不慌；
柔弱女子偏有一颗强大的心，
岩顶上笑迎如火的朝阳。

我心深处

一件稀世的珍宝，
一款绝版的佳酿。
你在我心深处，
　　像一个美丽的梦
　　——日夜令人怀想。

埋藏在最隐秘的洞窟，
安置在最安全的地方。
你在我心深处，
　　像一个甜蜜的吻
　　——永远不会遗忘。

第十二辑

如果真的爱了

夕阳给大地披一件纱丽，
归巢的鸟儿啾啾唧唧；
这样的傍晚令人迷醉，
最美的邂逅在伊人梦里。

傍晚

篱墙上开满绚丽的蔷薇，
多情的蛱蝶上下翻飞；
美丽热情而不失优雅，
一个声音在半空中低回。

谁的身影在林木间掩映，
一袭云衣飘过了矮墙；
轻挥柳枝把狗儿驱赶，
让心中的歌儿自由流淌。

夕阳给大地披一件纱丽，
归巢的鸟儿啾啾唧唧；
这样的傍晚令人迷醉，
最美的邂逅在伊人梦里。

我梦见

看到你抱着水罐去打水，
我梦见自己
变成了一只水罐。

看到你端起口杯要喝茶，
我梦见自己
变成了一只口杯。

看到你手捧歌片儿在唱歌，
我梦见自己
变成了一张歌片儿。

看到你在集市上买金鱼，
我梦见自己
变成了一条最美的金鱼。

不知道为什么会做这些奇怪的梦，

亲，你愿意做一个聪明的解梦人么？

一朵小花

一朵美丽的小花儿正在绽放，
一朵娇艳的小花儿正在歌唱；
多么迷人啊，多么芬芳，
你春花般美丽娇艳的姑娘。

美丽的小花儿绽放在春天里，
娇艳的小花儿歌唱在原野上；
多么迷人啊，多么芬芳，
一朵美丽的小花儿开在路旁。

回信

这么美的图片，这么真的爱，
是春风一样地温暖呀。
　　——感谢的话太轻，就不说了吧。

还整天呆在屋里么？
哪天方便的时候，我会打电话给你。
　　——接到电话的时候，不要说正忙着。

迷人的小路

油菜花开在田野上，
金灿灿一片就像天堂。
我们骑行在小路上，
满怀着青春爱情和希望。

田间小路蜿蜒细长，
我们就像插上了翅膀；
双双骑车返回村庄，
就像飞翔在欢乐的海上。

你教我唱《红河谷》，
我教你唱《在路旁》；
小路好似一条录音带，
把歌声留在了田野上。

一路高歌返回村庄，
像自由鸟儿展翅飞翔；

金灿灿的油菜花遍地开放，
我们就像行走在天堂。

如果真的爱了

说不出口的话，
就把它写下来；
写下来也难为情，
就轻声唱出来。

是火山总要喷发，
是花蕾总会开放；
如果你真的爱上了，
就不要犹豫彷徨。

有句话

有句话不敢说出来。
　　不是难为情，
是怕你心扉没敞开。

有个梦不敢告诉你。
　　不是坏事情，
是昨夜梦里吻了你。

有颗心不敢交给你。
　　不是不相信，
是怕会错了你的意。

小城故事

小城披上了金色纱幔，
夕阳里飘起袅袅炊烟，
你从小巷深处款款走来
——白皙的脸庞荷花样明艳。

当你走过树影斑驳的街道，
医生的长衣如白云轻飘，
我不敢喊出你的名字
——只怕突然把你惊扰。

当昏黄的灯光照亮了后窗，
房间里传出你阅读的声响，
我站在窗外静静地聆听
——猜想你穿的是哪件衣裳？

一个冬日落雪的午后，
一间弥漫着药水味的小屋，

你安静地倚在我的怀里
——看雪花漫天飞舞，任性逍遥。

洁白静谧的小小庭院，
美丽温馨的小小房间，
你温柔地倚在我的怀里
——我轻轻地把你环搂在胸前。

献诗

太大的悲痛是哭不出声的，
太深的爱也难以表达么？
要写一首小诗给你，撕了几张纸
仍写不出一行满意的句子。

人生路上我走了太久，
这世界并没有愈变愈好。
真善美总是受到伤害，
假恶丑却总能大行其道。

理想的乐园在诗篇里，
心中的女神在睡梦里。
这里原是神的故乡吧，
有幸我今天遇见了你。

你明媚娇艳如雨后的百合，
纯真善良像可爱的孩子。

虽然写不出满意的句子，

我仍要把这首小诗献给你。

百合花

记不清是第几次了，
绕着这幢白色小楼，
我走了一圈又一圈。
　　——是盼望一个奇迹的出现，
　　还是要追回往日的时光呢？

那天，就在这幢小楼前，
你身穿一件百合花一样的裙衣，
热情地把我迎进家里。
　　——吃过你亲手做的水饺，
　　一株百合花就长在了我心里。

绕着这幢白色小楼，
我走了一圈又一圈，
明知楼里的主人已不是你。
　　——深切的思念使我身不由己，
　　我心爱的姑娘不会远去。

第十三辑

雨天的回忆

转身离开的一刻

就开始想你，

颊上还感到你目光的灼热，

掌心还留有你纤指的形状。

想你

酷暑天晨风的清凉，
冬日里和煦的阳光，
黑夜里闪亮的星斗，
病痛时疗伤的酒浆。

寂寞时想你
像失群的羊羔思念同伴，
失意时想你
像抱屈的幼童渴盼亲娘。

失眠时想你
愿立刻进入甜蜜的梦乡，
醒来后想你
浑身就充满生气和力量。

白天黑夜想着你
像躯壳把灵魂盼望，

无时无刻不想你
像游子想望遥远的故乡。

像昙花深夜里忽然开放

转身离开的一刻
就开始想你，
颊上还感到你目光的灼热，
掌心还留有你纤指的形状。

细心地呵护
在每次治疗过程中，轻抚
我伤痛的肌肤和整个的心，
美丽又温柔呀，天使的翅膀。

像昙花深夜里忽然开放，
你带来惊喜却留下了忧伤；
告别的一刻就开始想你，
期盼着再度相逢的时光。

春暖花开

告别时你说要去北方
到另一个城市去开拓
人生的辉煌。

从此就没有了你的消息
只留下熟悉的器物
满房间怀想。

今冬的天气特别寒冷
你会不会又回到了
先前工作的地方？

熟悉的环境和朋友
都盼你归来，像亲人
盼游子早日返乡。

也许你已经回到这里，

也许你在等待，一个

春暖花开的辰光。

好梦

笑靥像秋水的波纹，
醒来还不曾散尽；
梦见到你家做客，
在一个夏日的黄昏。

你穿着美丽的裙装，
像花儿含苞欲放；
你的父母与兄妹，
招呼我像家人一样。

愿这幸福甜蜜的梦，
每夜都来我毡房，
你我携手在一起，
共度青春的好时光。

雨天的回忆

自从认识你之后，
常盼望一场落雨；
我紧握一把小雨伞，
你轻轻靠在我怀里。

并肩走在小巷中，
唱一支动人的小夜曲；
臂弯里谁在悄声说
终生相依，不分离。

你的袭击是温柔的，
小巷因落雨增添了诗意；
一个拥抱或一个吻
都留给了那个多雨的夏季。

爱的答卷

你问我，为什么爱你？
亲爱的，我答不出。
只想把一切最好的都给你
愿你快乐无忧像天使。

你问我，为什么和你在一起？
亲爱的，我答不出。
只想与你相濡与沫，同舟共济。
把两条命拧成一股绳
投进社会的海洋里。

亲爱的，这就是我的回答
——爱，没有目的。

隐秘的情感

让我帮你查一首诗——
“我始终恋着……”

懵懂地接过话头，我说：
你始终恋着的 是我么？

　“恋着，你就恋着吧。”
话筒里传来你的笑语。

——见面时从没说过这样的话，
一通电话透露了内心隐秘。

端午节的粽子

端午节吃粽子，不仅是
纪念屈原的一种方式。

翠绿的苇叶包裹着
香甜的豆沙、白嫩的糯米。

轻轻剥开、细细品尝，好滋味
直教人心醉神迷。

艳丽的花枝惹人攀折，
得意之事要深藏心底。

珍贵的记忆永不忘怀，
端午的粽子吃出了新意。

牧羊姑娘

多年前的一个黄昏
在故乡的打谷场上，
我遇到一位牧羊姑娘
天真烂漫像仙女一样。

一群雪白的绵羊
亲昵地围绕她身旁，
像许多漂浮的云朵
环绕一轮皎洁的月亮。

她身材高挑而又健硕
身披一件褐色大氅，
一根驱赶羊群的长鞭
握在她结实浑圆的手上。

牧羊姑娘目光炯炯
昂首眺望着遥远的西方，

指着天边灿烂的云霞
她叫我快把这美景欣赏。

她说：你看遥远的天边
那就是传说中神仙的故乡，
你看那一片片变幻的彩云
比世上最美的锦缎还要漂亮。

陶醉在大自然的美景中
牧羊姑娘神采飞扬，
这一刻她并不知道
她自己才是最美的风光。

天边斑斓绚丽的云霞
染红了西方广阔的山野，
牧羊姑娘站立在羊群中间，
就像云中的仙女一样。

晨光中的风景

你牵着哈利从路旁跑过，
似彩云飘过雨后的天空，
你矫健的身姿活力四射，
我心上映出美丽的虹影。

你跃动的曲线琤瑽有声，
像海浪跳跃的青春激情，
虽然不知道你的名和姓，
忘不了晨光中这最美的风景。

第十四辑
理想的妻子

脸上常泛出

少女的红晕与微笑，

目光里仍流转着

初恋时的爱娇。

你的装饰

是为人妻的体贴、为人母的呵护；

丈夫和儿子的爱，是你的骄傲。

——天下的女人数你最好。

给妻

从没有给你买过化妆品，
更不必说
那些金的，银的
翡翠和玛瑙。

一眨眼，鱼尾纹已爬上
你的眼角，儿子
已经长得比你还高。
　　——天下的女人数你最好。

脸上常泛出
少女的红晕与微笑，
目光里仍流转着
初恋时的爱娇。

你的装饰
是为人妻的体贴、为人母的呵护；

丈夫和儿子的爱，是你的骄傲。

——天下的女人数你最好。

一幅油画

你选一幅油画装饰客厅，
画题是《少女与狼犬》。
——一对相依相亲的伙伴，
站立在没膝的荒草间。

指着画面上的女孩
（她目光如电）你说：
这就是我
年轻时的模样。

——假如那飘逸的金发
换成一握青丝，
假如用草绿色军衣 换下
那三点式泳装。

在 20 世纪 60 年代中期
这个庭院长满了荒草，

一个女孩和她的爱犬
曾在这里相依为生。

在你需要的时候

愿我宽大的手掌
变成一个温暖舒适的小窝，
——当我无意中触到你
冰凉的小手的时候。

愿我结实的胸肌
变成一片葱郁的树林。
——当你像一只小鸟
偎在我怀里的时候。

如果你就是一只小鸟
我愿永远是那小窝和树林，
——在你需要的时候
随时来这里栖息、歌唱。

独自在家

太阳落山的时候
不要走到树林里去，
浑圆的月亮已经升起来了
不要嫌她的脚步太慢。

你是踏着琴键走上楼的么
为什么一次又一次地诳我？
再不会有烦恼的日子了
——半日的孤独已使我懂了许多。

千里之外

春日的早上，在远方
我又拿出了你的书，
凝望着扉页上熟悉的字迹
恍惚又看到你俊俏的模样。

灯下一起读过的小书
临行你笑着让我带上，
在扉页签上你的名字，你说
带上它，犹如有我在身旁。

抚摩着天下最美的名字
像抚摩你红润俊秀的脸庞，
你的签名是我熟悉的双眸
明眸中有我美丽的新娘。

今天家乡整日下雨，此刻
你正临窗听雨，还是对镜梳妆？

小雨中的梨花分外娇媚 却
比不上我妻俊美的脸庞。

如果此刻是在家里
我会讨一个香吻品尝，
而今身在千里之外
只能嗅一嗅你签名的墨香。

诗与思

面对你坐过的椅子
想你，想看
你那飘逸的一袭素衣。

面对你握过的茶杯
想你，想看
你小手的温润与白皙。

面对你用过的桌子
想你，想看
桌面上映出的婀娜小影。

面对你会客的房间
想你，想听
从窗内传来熟悉的笑声。

想你，在你要回家的每个霜晨雨夕，

想你，在你该回来而没回来的时候，

想你，在想见你却总也见不着的时候，

想你，在因为想你而写下这首诗的时候。

午后

一个未能成眠的午后，
一本翻来翻去的小书；
电话在桌角边睡得沉酣，
墙壁上的钟摆忽快忽慢。

也许，你也似这只电话
——睡意正浓；
也许，你忽然遇上了
难以脱身的事情？

忘记了
有个人，在等
你的消息，
——等一串铃声，让他入梦。

因为你的缘故

问我怎么写了这些诗么?
这都是你的赠予呀。

我的诗在你乌黑的发丝上,
我的诗在你清亮的眸子里,
我的诗在你纤柔的指尖上,
我的诗在你甜甜的微笑里。

当你携着凉爽的晨风,
在小径上漫步的时候;
当你凝眸湖畔,
观赏绿萍下的游鱼的时候。

当你午后临窗对镜,
梳理着黑亮的长发的时候;
当你在夜晚月光下,
凭窗诵读一首小诗的时候。

你问我怎么写了这么些诗，

我写下这些诗，都是因为你的缘故。

孤独的夏天

没有雨露的滋润，
花儿很快就会枯萎。
男子汉与花儿
也有相似之处么？

这个夏天，
你和孩子
到海滨去了太久，
我心上也晒脱了一层皮。

人生的驿站，
过了一个，还有一个，
还有一个……
再不要做匆忙的旅人了。

看不尽的旖旎风光，
捡不完的五彩贝壳。可是

生命的航船驶过之后，

再不会驶回了。

想家

小狗在石阶上打盹，
月光轻抚着窗纱。
你该像往常一样
手捧书卷，倚坐床头，
听那寂寥的钟声
——嘀嗒、嘀嗒。
　　我在千里之外思念着你，
　　你在哪里，哪里就是家。

从你美丽的脸上看霞光，
从你清澈的眸子看秋水。
屋后小溪熟悉你的脚步，
天边白云眷恋你的身姿。
一路走来你是最好的风景
——劳人牵挂。
　　我在千里之外思念着你，
　　你在哪里，哪里就是家。

山珍海味没有家里的粥好，
名牌服饰不如你缝的衣裳。
艳舞娇娃令人腻烦，
高级套房睡觉不香。
走过百城千户还是家里好
——小桥流水，场圃鸡鸭。

　　我在千里之外思念着你，
　　你在哪里，哪里就是家。

果园

蝶翅轻吻着殷红的花瓣
花枝在春风里舞蹈
河水淙淙流向远方
白云飘荡在蓝天上

浑圆的果实成熟了
高悬在银色的枝头上
我欢喜地踮起脚跟
把蜜甜的仙露品尝

这美丽的果园是隐秘的
只对我一个人开放
鸟儿在枝头啁啾
大地洒满金色的阳光

第十五辑

母与子

换下外出穿用的衣衫，

心也摆脱了束缚和捆绑，

从里到外的轻松畅快，

显露在身上也写在脸上。

——家是我安心停泊的港湾。

妈妈的肖像

一叠发黄的黑白肖像，
记录了妈妈的成长。
当年那个纯真美丽的小姑娘，
如今已人到中年，两鬓染霜。

连衣裙遮不住瘦弱的身体，
两条发辫在脑后松松扎起；
一双眼睛忽闪着稚气与聪慧，
　——五十年前
　妈妈在幼儿园时的肖像。

高挽着裤脚在大田里劳动，
齐耳短发掩不住黑瘦的面容；
目光里闪烁着英气与迷茫，
　——四十年前
　妈妈下乡插队时的肖像。

手捧玩具小鹿坐在石阶前，
满脸的纯真、善良和勇敢；
刻苦自学你成了一名教师，
　　——三十年前
　　妈妈返城后的肖像。

亲昵地把我抱在胸前，
脸上充满了母爱的温暖；
我是你的心肝和希望，
　　——二十年前
　　妈妈做母亲后的肖像。

当年那个纯真美丽的小姑娘，
如今已人到中年、两鬓染霜；
　　—— 一叠发黄的黑白肖像
　　记录了妈妈一生的成长。

家

换下外出穿用的衣衫，
心也摆脱了束缚和捆绑，
从里到外的轻松畅快，
显露在身上也写在脸上。
——家是我安心停泊的港湾。

从人生的战场平安归来，
把难题与烦恼都关在门外；
让疲惫与伤痛在沐浴中消散，
青春的活力又海潮般涌来。
——家是我返老还童的灵泉。

屋外是一片幽深的丛林，
紧握着武器仍不敢眨眼；
毒蛇与猛兽还好对付，
最可怕的是陷阱和伪善。
——家是我人生幸福的乐园。

怀上了宝宝

自从怀上了宝宝，
你比先前更多了些妩媚；
说话的声音温柔了许多，
脚步也迈得稳当而和缓。

愿腹中宝宝宁静而舒适，
不受惊扰地度过每一天。
自从怀上了宝宝，
你对我更多了几分期盼。

自从怀上了宝宝，
你变得更加慈爱而勇敢。
每天不忘撒米喂麻雀，
馋猫野狗被你撵出好远。

祝祷人与自然能和谐相处，
每个生命都活得自在平安。

自从怀上了宝宝，

你变得更加慈爱而勇敢。

母与子

柔和的灯光洋溢着爱的馨香，
你躺在妈妈的怀里
像小船飘荡在海上，
——妈妈快活地把你摇晃。

摇篮曲舒缓地在耳畔唱响，
缓缓起落的手臂
轻轻拍打在宝宝身上，
——妈妈耐心地把你摇晃。

秋虫在窗外不停地吟唱，
月光无声地照进小窗
你慢慢合上困倦的双眼，
——妈妈轻轻地把你摇晃。

妈妈的目光比月光更美，
深情的爱抚里

有无尽的疼爱与慈祥，

——妈妈幸福地把你摇晃。

感恩

萤火虫在庭院里飞来飞去，
房舍中亮起了点点灯光；
妈妈抱着你在地板上踱步，
摇篮曲轻声地在唇间唱响。

优美的音符如散落的花瓣，
纷纷飘落你幼小的身上；
一遍又一遍把你爱抚，
妈妈的目光温暖又慈祥。

窗外秋虫演奏着单调的音乐，
圆月在檐角痴情地守望；
万物有灵同声祈祷：
祝母子幸福，一生安康。

你在妈妈的怀里渐入梦乡，
笑容洋溢在妈妈脸上；

多么温馨、多么幸福啊，

让我们一起感恩，永不遗忘。

怀抱婴儿的母亲

怀抱婴儿的母亲最美丽，
像一朵莲花把莲蓬托举。
欣羡的目光来自四方，
红蜻蜓在荷塘上飞来飞去。
　　——怀抱婴儿的母亲最美丽。

怀抱婴儿的母亲最温柔，
像清泉环护着小小绿洲。
悦耳的歌声乳汁般甜美，
眼眸中都是怜爱与慈祥。
　　——怀抱婴儿的母亲最温柔。

怀抱婴儿的母亲最勇敢，
像神祇守护生灵不眨眼。
魑魅魍魉难靠近，
心爱的宝贝一生平安。
　　——怀抱婴儿的母亲最勇敢。

回家的时刻

夕阳把彩绸撒了满天，
鸟儿正匆忙地飞回窝去。
妈妈抱着宝宝坐在竹篱旁，
等候一阵铃声在路边响起。
　　——这是爸爸骑车回家的时刻。

轻声哼唱着优美的歌曲，
妈妈把宝宝抱在怀里。
站在夕阳镀金的廊下，
等候一声呼唤暖在心底。
　　——这是爸爸下班回家的时刻。

中秋节儿子要结婚

中秋节儿子要结婚，
白露刚过就掐着指头算日子。
每一天都比往常过得慢，
妈妈的笑容比花朵更灿烂。

她每天往新房跑好几趟，
清晨去打开窗子，
傍晚再关上。
——新家具多少总有些异味，
妈妈最关心孩子的健康。

小时工已经把新房扫过几遍，
连地板也擦拭得镜面般光亮。
妈妈还要亲手再过一遍，
——她细心抚摩着每件家具
就像抚摩儿子的肌肤一样。

儿子的婚期一天天临近，
妈妈的喜悦潮水般高涨。
头顶炎阳买来花串和红喜字，
她要把婚房布置得漂漂亮亮。

早早地就拿出了备好的首饰，
只等婚宴时亲手给儿媳戴上。
崭新的礼金装在红色信封里，
只盼婚宴上听儿媳叫一声娘。

中秋节儿子要结婚，
妈妈比当年自己结婚还兴奋。
照镜子的次数多了几倍，
还悄悄给自己买来了香粉。
多少回睡梦里笑醒了老伴，
又一次掐着手指算起了日程。

湖畔

雪白的芦花摇响了秋的风韵
美丽的水鸟吟唱着水的清粼
亭楼下你和我坐在一起
转眼间度过了半生光阴

轻快的脚步跃动着内心欢喜
羞红的脸颊洋溢出莲的清芬
蓝天上飘荡着朵朵白云
手挽手肩并肩相依相亲

看湖畔芦花摇曳轻歌曼舞
望天边晴空万里晚霞流金
忘不了湖畔亭楼和那个秋日
在我心中你永远年轻，永远年轻

交流

——君桐百日写真

从我进门的一刻起，
你就目不转睛地望着我。
我走到哪里，
你的目光就跟到哪里，
　　——像星光追逐着流淌的小溪。

躺在摇椅上，
像花蕾长在花萼里。
你咿咿呀呀，
不停地对我言说。
　　——目光里流露出无尽的情意。

你说得如此激动，
口水浸湿了下巴；
不停地挥动着臂膊，
小脚丫落下又扬起。

——像要张开翅膀飞到我怀里。

咿咿呀呀，
你对我说了许多话；
我只会对你傻笑，
一句也不能回答。
——心灵的交流不用语言参加。

天上的星光，
在湖水中闪亮；
最亲的话语，
在相照的光波里荡漾。
——我在你心里，你在我心上。

感激

——君桐周岁纪念（为乃父代笔）

是前世今生的缘，你和我
聚首在一起。
走过千户，
你敲开了我家的门，
你的诞生是一个美妙的奇迹。
　　你是我灵与肉的精魂啊，
　　——你身上有我的梦、我的影子。

就像我当年一样，你喜欢
在园子里玩耍嬉戏。
花草树木，
蜻蜓和小鸟，
是你最好的玩伴和知己。
　　你是我生命前期的再现啊，
　　——同一个生命，不同的层级。

陪着你一天天长大，
我也在不断地成长。
和你同享
成长的喜悦，分担
人生的忧伤。
　　你是我的幸福和希望啊，
　　——蓝天白云，遍地阳光。

我要以你为师，活在当下，
纯真和善，了无牵挂。
跟着你
我又回到孩提时代，
一个清新的世界正向我走来。
　　你是我一生的功课呀，
　　——是我最看重的成绩！

亲爱的宝贝

我爱你，亲爱的宝贝。
你的微笑像早春的朝阳，
你说话的声音山泉般清亮。
当你快活地玩耍、奔跑的时候，
遍地的鲜花儿竞相绽放。

我爱你，亲爱的宝贝。
你像牛犊一样活泼健壮，
像高山上的松柏不惧风霜。
愿你平安快乐，健康向上，
人生路上洒满阳光。

附录

并不完美的标本
——几首小诗生成的经过

犹如蜜蜂采花酿蜜、女人受孕怀胎一样，对于一个在文字里讨生活的人来说，从阅读到写作的过程，乃是一件自然而平凡的事情。一个曾经年轻过、爱过的阅读者，把自己爱与恋的过往与情思，以诗的形式记录下来，这便是一首诗的诞生了。

读书、劳作和抒写，几乎就是成年以后生活的全部内容了。在我每一天的日子里，劳作、读书与抒写，总是交替进行而又互相作用的。生活里缺少了阅读，就会枯燥无味；阅读离开了生活，就成了读死书；而在劳作与阅读之后，如果不写一点什么，也是会令人遗憾的——写作就像牛的反刍一样，只有通过抒写（对生活的关照、整理与思考），才能够把生活和阅读提供给你的草料，转化成有益的营养，才能品出生活和书本的真味。

这篇关于几首小诗生成经过的记述，既是对旧作的重新审视，也是对往昔生活的一次反刍，是我诗歌写作的一个并不完美的标本。

一　我愿变成一只小鸟

一首真正的诗，就像一个你心仪的女人一样，是可遇而不可求的。

走在街上，或者是在某个社交场合，十分偶然地，你邂逅了一个姣好的女人，心中对她很是仰慕。你希望着在某一天，能够和她成为朋友，至少有机会和她说上几句话。这情形，犹如你偶然读到一首好诗，就希望着某一天自己也能写出一首同样优秀的诗篇来一样。见贤思齐，乃人之本性。——谁不愿意有一个温柔美丽的女子与自己朝夕相伴，谁不愿意经常写出优美动人的诗篇呢？

然而，心仪的女人也罢、优美的诗篇也罢，都是可遇而不可求的。

诗的写作与散文、小说等其他文体写作的最大不同是：散文与小说，通常都能按照事先想好的主题或框架去经营，而诗的写作，则总是在那一点点意念在心里形成的时候，就同时完篇的。当一首诗在心中萌动的时候，如果你不立刻把它抓住，不立刻用文字把它记录下来，它就会像小鸟儿一样，扑棱一下翅膀，瞬间飞得无影无踪了。再打一个比方吧：散文与小说的写作，是先把蛋生下来，再慢慢地孵化；而诗的产生则正如婴孩的出生一样，在离开母腹的时候，就已经具有了完整的人形。所以这样说，是根据了一点儿人生的经验，——我个人的切身体会。

在生命的途程中，诗神曾不止一次地眷顾我。她总是在我毫无准备的时候，突然降临到我的身边，给我一个惊喜，让我对她充满了感激。多年前，她把《我愿变成一只小鸟》这首诗送来的情景，至今仍清晰地留在我的记忆中：

那是读大二的时候，我喜欢上了一个外语系的女生。我所在的宿舍楼与她的宿舍楼，只隔着一条街路，而我们两间宿舍的窗子，恰好隔街相望，正所谓咫尺天涯。在很长的一段日子里，她宿舍那扇窗子，都是我朝圣的地方。不能和她在一起的时候，每天，我都会情不自禁、百看不厌地，望着那扇窗子发呆。无论走在校园中，还是待在宿舍里，只在看到了那扇窗子的时候，心里才塌实，才会高兴，——因为，我知道，在那扇窗子后面，有我心爱的人……

有一天上午，我独自在宿舍里自习。看了一会儿书之后，就习惯性地又抬头注视起那扇熟悉的窗子来。我猜想着：她此刻在不在房间里，她在做什么呢？我是不是应该过去看看她呢？如果贸然地去找她，她会不会不高兴？——就是在这样胡乱地想着的时候，忽然，心中就涌出了如下的句子：

每天望着你的窗子
想你，
我愿变成一只小鸟
飞到你的窗子上
静静地看着你。

如果你把窗子打开
我会飞到你的膝上，
当你轻轻地
帮我梳理羽毛的时候
我就不停地为你唱歌。

如果你高兴地把我捧在手上
深情地亲吻我，
我就会醉倒在你的怀里
和你一起　度过
一段最美好的时光。

这不就是一首小诗吗？我完全没有想到，心中会突然出现这些美好的诗句，我连忙惊喜而又激动地把它抄录了下来。

当我望着她的窗口，默默地思念着她的时候，我的心里就涌出了这样的句子；当我望着她的窗口，给她打电话，却总也打不通的时候，心里就涌出了这样的句子。这些诗句，是我内心深处的隐秘，是我无数次默默地对她说过的话；也是我最想对她说出的话。我没有想到写诗，是诗这只美丽的小鸟儿，自己飞到了我跟前。——正如上天把她送到了我跟前一样。

冷静下来之后，这才意识到，是诗神又一次眷顾了我。于是，我满怀感激之情，在这些诗句前面加上了标题。《我愿变成一只小鸟》这首小诗，就这样诞生了。

二　南国风与金色花

只要是搞过一点儿创作的人，对于“灵感”一词，都不会陌生。当灵感突如其来地出现的时候，当心中的闸门被打开的刹那，一种惊喜、慌乱和紧张的情绪，便会霎时充满你的内心。这个时候，如果不能立即把它捉住，它就会像一只小鸟一样，转眼便飞得无影无踪了。相反，假如你及时地捉住了它，把它放进一个适宜的笼子（形式）里，这只灵感的小鸟，便会为你唱出美妙动人的歌曲来了。

很多年前，一个初冬时节，在南方某个小城里，我意外地得到了缪斯的垂青；当着灵感降临的一刻，我写下了如下的文字：

南国的风是和暖的，
南国的风是湿润的。
这和暖而又湿润的南国风，
像一个活泼可爱的孩童，
给大地带来无边的春色。

南国的风是清新的，
南国的风是芬芳的。
这清新而又芬芳的南国风，
轻轻吹入我胸怀，
在我心上播下了诗的种子。

诗的种子，在和暖
而又湿润的风里发芽，
诗的种子，在清新爽
而又芬芳的风里开花。
诗的种子永远带着南国的印记，
南国的风是和暖而又湿润的。

这段文字从心田里汩汩流过，犹如一道清澈的溪水，我的感觉是那样滋润而舒适。

搁笔之际，我不禁想到：这南国的风，这股从天外吹来的奇异的风，不正是灵感的莅临么？从干燥寒冷的北方来到温暖的、空气湿润而又清新的南国，一切是那么新鲜而美好。我想，这种新鲜而美好的感觉，正是促成灵感到来的原因吧。

然而，如果仅仅有这么一种感觉，和由此产生的一点儿灵感，大约也不会写出这一段文字来的。一颗果子要成熟，必需先有一个核；一篇文字的写成，也必须有一个得以让情思缠绕的点，或根基才行。那么，这篇东西的那个点或根基，又是什么呢？

原来，在南方小城的几天里，我遇到了一个性格温润，美丽而又大方的女孩儿。她的出现，成了我眼中最美的风景。她就是真善美的化身，是降临凡间的缪斯女神。正是因为和她的相遇，这个普通的小城，也变得格外美丽了。没有这美丽的遇见，就没有灵感的降临。就是在这样一种美好的感觉中，若有神助一般，我写出了这首《南国的风》。这首诗，真实地记述了我那一刻的内心感受和灵感来临时的情形。

然而，谁都知道，灵感本身并不就是作品。灵感只有和丰富的想象力相结合，才会有诗的宁馨儿诞生。正是在这湿润而馨香的“南国风”的吹拂下，我又写下了另一首短诗：《金色花》。这后一首诗的写作，使我真切地感觉到，想象力对于一篇作品的成功，是多么重要。

《金色花》的灵感，来自那女孩鞋子上的一件金黄色花饰。诗如下：

你鞋子上的金色花
使我想起家乡的雏菊
那些黄绒绒的小花
　　一朵接一朵
　　生长在田间小路旁

那些黄绒绒的小花
生长在田间小路旁
像一条金灿灿的项链，闪亮
　　在我午夜的梦里
　　在你美丽的脖颈上

一个浪漫温馨的故事，定格

在小城夏日清凉的晚上
草坪上散发出醉人的芬芳
——一朵金色花灿然开放
在你妩媚的鞋子上

看见女孩鞋子上的金色花，我便联想到家乡田野小路旁的雏菊。那些雏菊，一朵挨一朵，连成一串，像黄得耀眼的星星，像黑夜里的点点灯火，镶嵌在小路两旁，散发出沁人心脾的清芬气息。——童年生活的美好回忆，一份浓浓的乡思，都被眼前女孩鞋子上的一朵金色花瞬间唤起。美好的情思，乘着缪斯的翅膀，在南方蔚蓝的天空里，飞了一个优美的回旋。于是，就有了这首《金色花》。

诗的写作是一种审美活动。一个作者，必须心中有美，才能够发现美；必须心中有爱，才能够释放爱；必须热情地拥抱生活，才能把生活中的真善美移植到作品中来。灵感到来的时候，你必须立刻抓住它。然后，张开想象的翅膀，在记忆和现实的天空翱翔，最终完成一篇作品。——这样，才不致辜负了缪斯的垂青。

三　晚霞送来的诗篇

事情已经过去了很多年，在我的记忆里，却如发生在昨天一样，丰盈而又新鲜。

那是一个晴朗的秋天的傍晚，我走进一间画家的工作室。工作室的主人，是一位年轻美丽的女士。我们不是第一次见面，只是第一次踏进她的工作室。房间里到处堆满着书籍与杂物，显得有些逼仄。靠墙的两张台子上，各摆放了一台电脑（一台处理文件，一台用来制图）。从两台同时开动的机器可以看出，她的工作是忙碌而又紧张的。

我来这里的目的，是为了拷贝一些图片。往硬盘里装载很多的图片，是需要一些时间的。两人就一边等待，一边随意地聊着。她给我看了自己的博客，希望我能够关注。在她出去沏茶给我的空档，我起身观察了一番这间有些拥挤的小屋。

房间虽然不大，却舒适而富于情调：靠窗的一张椅背上，平展地搭着一条黑底红花的披肩。窗台上整齐地摆放着一排开满了粉红色小花儿的花盆。在电脑前面的墙壁上，贴有两张条幅。一幅是单位用来激励员工的文字；另一幅，显然是女主人自己打印出来，用以自励的话语。这后一幅上的文字是：以出世的态度生活，用入世的精神工作。——由此，我对这位新结识的朋友，又有了多一点的了解。知道她是个热爱生活、有理想、有追求而又颇富情趣的青年。

要说的话，都说过了，要做的事情也做完了。告辞之后，我就离开了那幢灰楼。

轻松愉快地往家里走着，刚才停留过的房间和女画家的形象，却仍然在脑海里盘桓不去。默默回想着，在刚刚过去的一个多小时里所经历的一切，心底不由得就涌出了下面的诗句来：

这是一个背阴的房间，
照不进一点儿阳光。
长桌上打开着两台电脑，
一种植物在疯狂地生长。

努力向上，
得一些天光。
——一排枝叶葳蕤的小花儿，
在窗边轻声吟唱。

默念出这首《背阴的房间》之后，我的思绪并没有停止。刚刚离开的那间逼仄而又富于情调的工作室，又在头脑中映现出来。不禁想到：这个房间，夏天还好过，若是到了冬天，呆在里面就太冷了。整天照不到太阳，对身体肯定不好……忽然意识到，自己怎么这样怜香惜玉起来了？虽然觉出脸上似乎有些发烫，可是，嘴里还是喃喃地念出了下面的诗句：

假如我是太阳
一定要改变了运行的轨道，
让阳光从北面照进窗子，
　　——你的房间四季如春
　　温暖又明亮。

假如我是太阳
一定要推迟了落山的时间，
陪你度过每个黄昏，
　　——无论漫步街头
　　还是坐在电脑前。

假如我是太阳
一定要娶月亮为妻，
让月光柔和地照进窗子，
　　——在你失眠的夜里
　　她会代替我给你慰安。

当这首《假如我是太阳》也念完了的时候，天已经完全黑了。我走进家门，在没有开灯的房间里，隔窗望着外面朦胧的月光，心里充满了一种快乐美好的感觉。不禁自语道：这样美好的傍晚，如果永远不会过去，该有多好！然而，事实上，这个诗意氤氲的傍晚，已经永远地过去了。而且，美好的傍晚从来都是可遇而不可求的，——正如与一首诗的邂逅一样。

以上几种生活与诗的切片，乃是我刻板生活中的几朵浪花。从中，我约略感悟到一点诗歌写作的奥秘：一首诗的生成，先要作者进入一种诗的情境，你要完全沉浸在某一特定情境所造成的意绪和氛围之中，而后，诗的宁馨儿自会笑着向你跑来。

后记

一

爱着，同时也被爱；
有付出，同时也有收获。
——我日常的生活。

诗与真的追求，
爱与美的欣赏与创造。
——我每天最重要的功课。

诗意地栖息红尘中，这卷小诗
是我青春之树散落的缤纷花瓣。
——我的爱情的自白书。

二

我永生不能将你遗忘。
咱俩永远对对双双。
你在我的心中，
心中，心中

就像玫瑰长在枝上。

这是马克思献给燕妮的一首民歌。自从多年前读过了之后，这首诗就像玫瑰一样，长在了我的心上。它浓郁的芬芳伴随我，走过了美好的青春时光。

敬献在你面前的这百余首小诗，是我生命之树上，缤纷绽放的爱情的花朵。我高兴地将这捧爱之花，献给恋爱中的少男少女和每一位爱着，以及曾经爱过的朋友。

生命易逝，唯爱永恒。爱情永远是人类生活中最美好的事情。

衷心地祝福你，我亲爱的朋友。愿你的爱情美满幸福；愿你心中的玫瑰常开不败，永远散发出迷人的芬芳。

岳洪治

2019 年元旦

发乎情，止乎情

——这些青春之树上散落的花瓣；

喜相逢，恍若梦

——往昔那纯洁而又真诚的爱情。

遇見